Cyfres Ar Wib
GWEPSGODYN

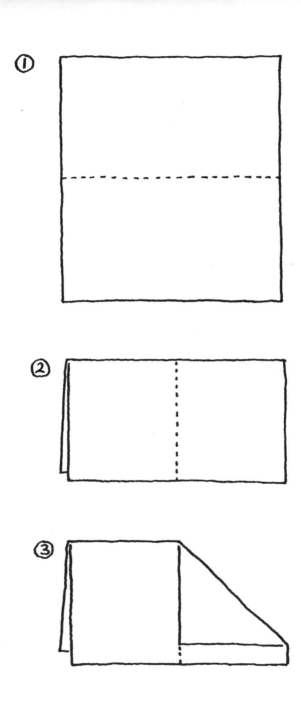

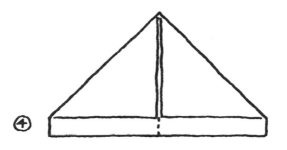

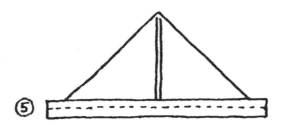

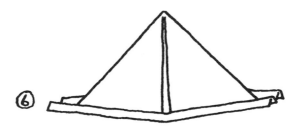

Gwepsgodyn

Martin Waddell

Lluniau Arthur Robins

Addasiad Wil Morus Jones

Gomer

Argraffiad cyntaf – 2005

ISBN 1 84323 482 3

Cyhoeddwyd gyntaf ym Mhrydain
gan Walker Books Ltd., 87 Vauxhall Walk,
Llundain, SE11 5HJ dan y teitl *Ernie and the Fishface Gang*

ⓑ testun: Martin Waddell, 1994 ©
ⓑ lluniau: Arthur Robins, 2002 ©
ⓑ testun Cymraeg: ACCAC, 2005 ©

Dymuna'r cyhoeddwyr gydnabod cymorth
Adrannau Cyngor Llyfrau Cymru.

Cyhoeddwyd gyda chymorth ariannol
Awdurdod Cymwysterau Cwricwlwm ac Asesu Cymru.

Argraffwyd gan
Wasg Gomer, Llandysul, Ceredigion SA44 4JL

Cynnwys

Mymryn yn y Llyn

Jac Mymryn oedd y plentyn lleiaf
yn nosbarth 6 yn Ysgol Cae'r
Ffynnon.

Un bore roedd e'n bwyta creision
ar ei ffordd i'r ysgol pan . . .

gafodd Dafydd Gwepsgodyn o
ddosbarth 7 afael arno.

Doedd Gwepsgodyn ddim ar
ei ben ei hun. Roedd ei giang o
ddosbarth 7 gydag e. Rymblan
a Hurtyn ac Osi oedd Giang
Gwepsgodyn, ac roedden nhw i
gyd yn hoffi creision. Dyna
pam y gwnaethon nhw ymosod
ar Mymryn.

Fe gawson nhw'r creision, ac
roedden nhw'n colbio Mymryn
gyda'u bagiau ysgol, ond fe
ddaliodd ei dir a'i bachu hi
o 'na.

Ond aeth e ddim yn bell.

Glaniodd reit yng nghanol pwll
hwyaid Parc Cae'r Ffynnon.

Rhedodd Giang Gwepsgodyn
i ffwrdd.

Yna, pwy ddaeth heibio ond
Eirwyn Twm a'i frawd bach
Dylan ar eu ffordd drwy'r parc
i Ysgol Cae'r Ffynnon .

'Hei, edrycha!' meddai Dylan.
'Hwyaden enfawr!'
'Nid hwyaden ydy hwnna,'
meddai Eirwyn, 'Mymryn ydy e!'

'Hwyaden!' meddai Dylan.
'Hwyaden fawr!'

Fe gododd yr hwyaden fawr ac ysgwyd ei hun, ac yna camu mas o'r pwll, yn fwd drosti i gyd ac yn diferu dros y lle ymhobman.

'Helô, Hwyaden!' meddai Eirwyn.

'Grrrrrrrrr!' meddai Mymryn, yn ysgwyd ei hun nes bod llawer o'r mwd a'r diferion yn tasgu ar ben Dylan. Doedd dim ots gan Dylan. Roedd Dylan yn hoffi mwd.

15

'Gwepsgodyn?'
gofynnodd Eirwyn.
Dyna pwy fyddai wrth
wraidd pethau fel arfer.

'Ie,' meddai Mymryn.

'Rhaid i ti ddial!' meddai Eirwyn.

'O . . . ym,' meddai Mymryn.

Eirwyn Twm oedd arwr mawr
dosbarth 6. Byddai e'n sortio
pethau mas ar ôl chwarae brwnt,
fel Twm Siôn Cati gynt. Dyna
beth oedd e'n ddweud wrth bawb
yn nosbarth 6 ta beth, a phawb
arall yn Ysgol Cae'r Ffynnon, ond
dim ond Dylan oedd yn ei gredu.

Fe gasglon
nhw yr holl
bethau gwlyb
ac i ffwrdd â
nhw i'r ysgol.

Y tu fas i'r parc fe gwrddon
nhw â Menna, chwaer fawr
Eirwyn o ddosbarth 7.

'Ych a fi,'
meddai Menna
pan welodd hi
Mymryn.
'Ti'n drewi!'
Wedyn, dyma
nhw'n cwrdd â Mari a Luned,
y Gefeilliaid Cecrus.

'Drewllyd!'
meddai Mari.
'Drewgi!'
meddai Luned.
'Pwy?'
gofynnodd
Mymryn yn swta.
'Ti!' meddai
Mari.

'Alla i ddim mynd trwy gât yr ysgol fel hyn,' meddai Mymryn. 'Bydd Pen Wy yn fy lladd i, ac wedyn bydd e'n dweud wrth Mam.' Mr Lloyd, y dirprwy bennaeth, oedd Pen Wy. Doedd dim gwallt ganddo, na dim llawer o ddannedd, ond llond whilber o dymer ddrwg.

Aethon nhw ddim i mewn trwy'r gatiau. Yn lle hynny fe aethon nhw ar hyd Llwybr Dianc Cyfrinachol Eirwyn Twm. Twll roedd Eirwyn wedi'i wneud yn y ffens gefn oedd hwn.

Wedi iddyn nhw gyrraedd yr ysgol fe aeth Eirwyn â Mymryn i'r sied feics er mwyn iddo gael sychu, ac wedyn aeth â Dylan i'r Dosbarth Meithrin.

'Mae Dylan yn wlyb diferol,' meddai Miss Jenkins pan welodd Dylan yn fwd i gyd.

'Dim ond tipyn bach,' meddai Eirwyn, ac fe'i bachodd hi o 'na cyn i Miss Jenkins allu dweud wrtho am sychu Dylan.

'Bai'r hwyaden fawr oedd e,' meddai Dylan yn freuddwydiol.

Trwbwl gyda Phengliniau

Cyrhaeddodd Mymryn
ddosbarth 6 wedi'i wisgo mewn
hen grys o'r bocs dillad
chwaraeon a phâr o siorts pêl-
droed roedd Eirwyn wedi'i
ddwyn o ystafell gotiau'r
bechgyn.

'O, edrychwch,' meddai Siân.
'Pengliniau secsi!'

'Ca dy geg, Siân Jones!'
meddai Mymryn.

'A sanau doniol,' meddai
Heddus.

'Ac esgidiau weli-beli!' meddai
Cadi.

'Fe golbia i di,' chwyrnodd
Mymryn.

Closiodd Siân, Heddus a
Cadi at ei gilydd yn fygythiol.
Roedden nhw'n fawr, ond un
bach pitw oedd Mymryn.

'AHHHHHHHHH!' gwaeddodd
Mymryn.

'ACHUB!' gwaeddodd Eirwyn,
a dyma fe'n ymosod. A dyna sut
y glaniodd Eirwyn Twm ar y
llawr a Siân, Heddus a Cadi yn
eistedd arno.

Yna cerddodd
Mrs Parrot i
mewn. Hi oedd
athrawes
dosbarth 6.
'Bwlian y
merched, Eirwyn Twm?'
meddai, ac fe gydiodd yn
Eirwyn a'i sodro yn ei sedd.

'Fe ddywedest ti na
fyddai neb yn sylwi ar fy
mhengliniau!' meddai Mymryn.

'Ond fe sylwodd *pawb*!'

'O,' meddai Eirwyn. Roedd
e'n araf ddod ato'i hun ar ôl i'r
merched eistedd arno a doedd
e ddim wir yn gwrando. Mae
hi'n anodd bod yn arwr
weithiau.

Y Criw eC-eG

Amser chwarae, cafodd Eirwyn a Mymryn Gyfarfod-Talu'r-Pwyth-Yn-Ôl i Giang Gwepsgodyn.

'Fe *waldian* ni nhw!' meddai Eirwyn.

'I-e,' meddai Mymryn.

'Eu *dinistrio* nhw!' meddai Eirwyn, yn dechrau cynhyrfu.

Ddywedodd Mymryn ddim byd.

'*Dial!*' gwaeddodd Eirwyn. 'Rhaid cadw enw da Dosbarth 6!'

'Mae pedwar ohonyn nhw,' eglurodd Mymryn yn nerfus, 'a dim ond dau ohonon ni. Ac maen nhw'n *fawr!*'

'Dydy Rymblan ddim yn fawr iawn,' meddai Eirwyn.

'Mae e'n fwy na fi!' meddai Mymryn.

'Mae pawb yn fwy na ti, Mymryn!' eglurodd Eirwyn.

'Mae Hurtyn a Gwepsgodyn ddwywaith cymaint â ti!' meddai Mymryn.

25

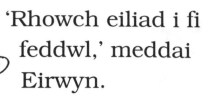

'Rhowch eiliad i fi
feddwl,' meddai
Eirwyn.

Aeth Siwpyr Brên
Eirwyn Twm i'r gêr
uchaf. Y canlyniad
oedd ffurfio Criw Cael-Gwared-
Â-Gwepsgodyn-Am-Byth;
cadeirydd Eirwyn Twm,
ysgrifennydd Mymryn.

Wrth i Mymryn
dynnu'i ddillad
oddi ar y boeler,
lle buon nhw'n
sychu, fe
ddywedodd
Eirwyn bopeth
wrtho am y
Criw.

'Y Criw Cael-Gwared-Â-
Gwepsgodyn-Am-Byth!'
cyhoeddodd Eirwyn yn falch.
'Yn fyr – Y Criw Cael-Gwared neu
Y Criw eC-eG. Unwaith ac am
byth!'

'Felly, beth yw'r Cynllun?'
gofynnodd Mymryn, yn bryderus.
Nid y Criw oedd yn ei bocni
achos roedd e wedi hen arfer
â Chriwiau Eirwyn. Cynlluniau
Eirwyn oedd yn eu cael nhw i
drwbwl fel arfer.
'Rwy'n dal i weithio ar y
Cynllun,' meddai Eirwyn.

Roedd hi'n amser cinio cyn i
Eirwyn orffen gweithio ar y
Cynllun. Ysgrifennodd ar law
Mymryn:

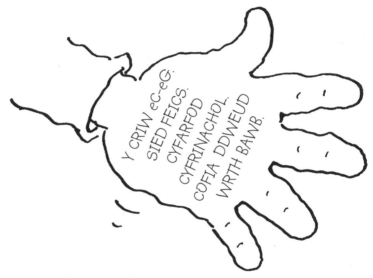

Y CRIW eC-eG.
SIED FEICS.
CYFARFOD
CYFRINACHOL.
COFIA DDWEUD
WRTH BAWB.

Aethon nhw o gwmpas yn
dangos y neges i bobl.

'O, 'na beth yw llaw ych a fi!'
meddai Siân, ond fe ddaeth i'r
sied er hynny, a'r Gefeilliaid
Cecrus a Dandi a Geri a
Mwclis ac Al a Io-Mo hefyd.

Doedd Gwepsgodyn a'i giang yn gwybod dim am y Cyfarfod Cynllwyngar Cyfrinachol. Roedden nhw wedi mynd i lawr at byst y gôl i chwarae gêm bêl-tato-pwtsh gyda phlant dosbarth 3. Roedd hyn yn beth cas iawn i'w wneud achos plant dosbarth 3 oedd y tato.

Y Cynllun

'Cyfarfod Cyfrinachol ydy hwn
i achub enw da dosbarth 6!'
meddai Eirwyn, gan sefyll ar
fin sbwriel.

Cymeradwyodd pawb.

'Bydd rhaid dial am yr hyn ddigwyddodd i Mymryn!' gwaeddodd Eirwyn.

Ond doedd pawb ddim yn cymeradwyo y tro hwn. Pam? Doedd pawb ddim yn hoffi Mymryn. Doedden nhw ddim yn teimlo eu bod nhw eisiau mynd i'r drafferth i ddial ar ei ran.

'Bydd dosbarth 6 yn dinistrio ac yn chwalu Dafydd Gwepsgodyn!' gwaeddodd Eirwyn.

'Ond cariad Siân
ydy Gwepsgodyn!'
meddai Heddus.
 'Ie, fy nghariad i
ydy e!' meddai Siân
yn falch.

 'Hurtyn ydy fy nghariad i,'
meddai Heddus. 'Ac
mae Cadi'n caru
Osi, ond dydy Osi
ddim yn gwybod
hynny eto.'

 'Sdim ots,'
meddai
Siân. 'Ti'n gwybod
beth, Eirwyn Twm?
Rydyn ni'n mynd
i ddweud wrth
Gwepsgodyn
amdanat ti!'

32

A ffwrdd â nhw i wneud
hynny.

'Sdim ots amdanyn nhw!'
meddai Eirwyn wrth y lleill.
'Cachgwn sy'n bradychu
dosbarth 6 ydyn nhw. Rydyn
ni'n datgan rhyfel yn erbyn
Gwepsgodyn a'i ffrindiau.
Mae'n rhaid i ni daro *nawr* heb
wastraffu rhagor o amser.'

'RHYDDID!' gwaeddodd
Mwclis. Un fel 'na oedd e.

'Ai dyna'r Cynllun?' gofynnodd Dandi.

'Ie,' meddai Eirwyn, 'mae e'n gynllun da on'd yw e?'

Bu distawrwydd am sbel.

'Wel, mae'n eitha da,' meddai Eirwyn. 'Fe fydd yn dda pan fyddwn ni . . .'

Ond roedd pawb arall wedi mynd ar wahân i Mymryn.

'Mae'n edrych yn debyg mai *ni*'n dau rwyt ti'n ei feddwl,' meddai Mymryn. 'Ti a fi!'

'Ti a fi a Dylan,' meddai Eirwyn.

'Dydw i ddim yn meddwl bod Dylan yn cyfri,' meddai Mymryn.

Ar Ffo

'Mae Gwepsgodyn yn gwybod!'
hisiodd Heddus wrth Eirwyn,
jyst cyn i'r gloch ganu ar
ddiwedd y dydd.

Roedd Gwepsgodyn yn gwybod.

Roedd Gwepsgodyn ar eu hôl
nhw.

Cael a chael oedd hi i Eirwyn a
Mymryn ffoi o'r ystafell gotiau.
Bu'n rhaid iddyn nhw guddio
y tu ôl i Miss Jenkins pan
oedden nhw'n nôl Dylan o'r
Dosbarth Meithrin.

Llwyddon nhw i fynd mas o'r ysgol ar hyd y Llwybr Dianc Cyfrinachol. Wedyn, roedd yn rhaid iddyn nhw fynd yr holl ffordd lan ar hyd Stryd Cae'r Ffynnon.

Fe sleifion nhw ymlaen gan guddio yn nrysau siopau a chadw llygad barcud am Gwepsgodyn bob cam o'r ffordd.

'Ble maen nhw?' hisiodd
Eirwyn.

'Rhywle,' meddai Mymryn yn
nerfus. 'Rhywle, yn aros i'n
bachu ni.'

'Pwy?' gofynnodd Dylan.
Roedd e'n dal i wisgo'r het
bapur roedd Miss Jenkins
wedi ei helpu i'w gwneud yn y
Dosbarth Meithrin. Roedd e'n
teimlo'n hapus achos roedd
ganddo het i'w dangos i Mam.

'Oes *rhaid* i ni fynd trwy'r parc?' sibrydodd Mymryn.

Arhosodd Dylan.

Roedd Dylan yn hoffi'r parc. Roedd ei ffrindiau o'r Dosbarth Meithrin yn chwarae yn y parc ar eu ffordd adref, ac roedd e eisiau chwarae gyda nhw.

'Wel . . .' meddai Eirwyn.

Agorodd Dylan ei geg i sgrechen. Roedd e'n gwisgo'i wyneb sgrechen, ond gwelodd Eirwyn e jyst mewn pryd.

'Mae'n rhaid i ni fynd trwy'r parc,' meddai Eirwyn.

Gwenodd Dylan.

Sgipiodd Dylan yn ei flaen trwy gatiau'r parc gan siglo'i fag ysgol bychan 'nôl a mlaen.

Cydiodd Mymryn ynddo a'i wthio i mewn i'r llwyni.

'Maen nhw'n siŵr o'n gweld ni!' meddai Mymryn dan ei anadl.

Yna aeth Siwpyr Brên Eirwyn i'r gêr uchaf.

Rhywle, mas yn y parc, roedd Giang Gwepsgodyn yn aros.

Yn hwyr neu'n hwyrach byddai Giang Gwepsgodyn yn cydio ynddyn nhw.

Ond . . . roedd Siwpyr Brên Eirwyn wedi dod o hyd i'r ateb.

'Mae Dylan eisiau chwarae,' meddai Eirwyn.

'Ond byddan nhw'n siŵr o'i weld!' meddai Mymryn dan ei anadl.

'Bant â ti, Dylan,' meddai Eirwyn.

Dyma Dylan yn
rhuthro mas o'r
llwyni yn
chwifio'i fag
ysgol ac yn
gafael yn dynn
yn ei het bapur
rhag ofn iddi chwythu bant.

Cychwynnodd Dylan ar hyd
y llwybr oedd yn arwain at y
pwll tywod, ac aeth yn syth i
mewn iddo.

Roedd y llwybr yn mynd o
gwmpas y pwll tywod, ac yn
arwain at y gât 'Allanfa'.
Roedden nhw'n mynd i ddianc
drwy'r gât. Ond y broblem
fwyaf fyddai mynd heibio'r pwll
tywod ac i lawr gweddill y
llwybr at y gât.

Safiad Olaf
Giang Gwepsgodyn

Roedd y llwyn mawr yn ymyl y llwybr yn symud.

Nid y gwynt oedd e. Giang Gwepsgodyn oedd yno, yn aros i gydio yn Eirwyn a Mymryn.

'Beth wnawn ni nawr?' meddai Mymryn dan ei anadl.

'Rydw i eisiau chwarae gyda Dylan!' meddai Eirwyn.

A'r foment nesaf daeth allan
o'r llwyni, gan fynd ling-di-long
ar hyd canol y llwybr tuag
at y pwll tywod ble roedd
Dylan a'r plantos bach yn codi
cestyll tywod a chwarae o
gwmpas, a'r holl famau, tadau
a'r menywod-nôl-plant-o'r-
ysgol yn eu gwylio.

'Maen nhw'n mynd i afael ynddon ni, Eirwyn!' sibrydodd Mymryn.

'Cadwa i symud,' meddai Eirwyn. 'Pan fyddan nhw'n ceisio gafael ynddon ni, gwna beth fydda i'n ei wneud!'

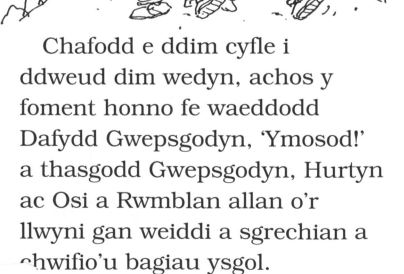

Chafodd e ddim cyfle i ddweud dim wedyn, achos y foment honno fe waeddodd Dafydd Gwepsgodyn, 'Ymosod!' a thasgodd Gwepsgodyn, Hurtyn ac Osi a Rwmblan allan o'r llwyni gan weiddi a sgrechian a chwifio'u bagiau ysgol.

'Rheda!' gwaeddodd Eirwyn.
Aeth yn syth am y pwll tywod
oedd yn llawn o'r plantos bach.

Roedd Eirwyn a Mymryn ar y
blaen i Giang Gwepsgodyn,
ond roedd y giang yn dynn
wrth eu sodlau ac yn nesáu
bob eiliad. Yna fe swerfiodd
Eirwyn ar y funud olaf a
rhedeg o gwmpas y pwll tywod.

'Rhwystra nhw!' gwaeddodd Gwepsgodyn. 'Bacha nhw, dalia nhw yr ochr arall!'

Roedd y Giang o ddifrif. Redon nhw ddim o gwmpas y pwll tywod ar ôl Eirwyn a Mymryn. Ond dyma nhw'n llamu trwy'r canol, er mwyn rhwystro Eirwyn rhag dianc ar hyd y llwybr at y gât.

Welodd Gwepsgodyn mo'r plantos bach hyd yn oed. Doedden nhw'n golygu dim i Gwepsgodyn beth bynnag. Fe ruthrodd y giang yn syth ar draws y pwll heb feddwl am unrhyw beth arall.

Sgrechiodd y plantos bach!
Bloeddiodd y plantos bach!
Aethon nhw'n gacwn gwyllt a
dechrau waldio gyda'u bwcedi
a'u rhawiau a baglu dros ei
gilydd. Gwaeddodd y plantos!
Gwichiodd y plantos!

Yn sydyn, nid Giang Gwepsgodyn yn unig oedd yn llanw'r pwll tywod ac yn neidio dros y plantos a'u cestyll ar ôl Mymryn ac Eirwyn. Roedd yno famau a thadau a menywod-

nôl-plant-o'r-ysgol yn chwifio'u
bagiau llaw a'u bagiau siopa
a'u bagiau swyddfa lledr, ac yn
mynd fel cath i gythraul ar ôl
Giang Gwepsgodyn.

Roedd mamau a thadau a
menywod-nôl-plant-o'r-ysgol,
plantos bach a Gwepsgodyn a'i
Giang yn rholio o gwmpas yn
y tywod.

Roedd y mamau a'r tadau a'r
menywod-nôl-plant-o'r-ysgol
ar y top, a Giang Gwepsgodyn
o danyn nhw.

Yna dyma Pen Wy yn
rhuthro i mewn i'r parc; roedd
Mrs Parrot yn ei ddilyn, ac
yna'r pedair fam grac oedd
wedi mynd i'w nôl nhw o'r
ysgol. Dyma oedd safiad olaf
Giang Gwepsgodyn.

Brasgamodd y mamau a'r
tadau a'r menywod-nôl-plant-
o'r-ysgol a'r plantos bach
gyda'u bwcedi a'u rhawiau allan
o'r parc yn cael eu harwain gan
Pen Wy a Mrs Parrot. Roedden
nhw'n mynd â Giang
Gwepsgodyn i'w cosbi.

A phwy oedd ar ôl? Ie,
Mymryn ac Eirwyn a Dylan.

Roedd Dylan yn dywod drosto
i gyd ac yn wên o glust i glust
achos roedd e wedi bod yng
nghanol y frwydr yn y pwll
tywod, ond doedd dim tywod ar
Eirwyn a Mymryn.

Roedden nhw wedi bod yn
eistedd ar y borfa yn ymyl gât
y parc, yn gwylio.

'Ni enillodd!' meddai Eirwyn.

'Y mamau a'r tadau a'r
menywod enillodd,' meddai
Mymryn. 'Nid y ni!'

'Pwy arweiniodd Giang
Gwepsgodyn i'r trap yn y pwll
tywod?' meddai Eirwyn.

'Ni!' meddai Mymryn.

'Hwrê i'r mamau i gyd!'
meddai Eirwyn, ac i ffwrdd â
nhw am adref gyda Dylan yn
trotian tu ôl iddyn nhw gan
siglo'i fag yn ôl ac ymlaen ac
yn ceisio edrych yn ddiniwed.

Roedd Dylan wedi bod yn brysur ar ôl y frwydr yn y pwll tywod. Roedd e wedi llanw'i fag gyda hetiau papur y plantos eraill i gyd.

Anrheg i'w fam oedd yr hetiau.

Roedd gan Dylan bedair ar
ddeg o hetiau papur. Doedd e
ddim yn gwybod bod ganddo
bedair ar ddeg o hetiau papur
achos doedd e ddim yn gallu
cyfrif mwy na phump, ond
roedd e'n gwybod fod ganddo
lawer o hetiau ac roedd
hynny'n rhoi gwên ar ei wyneb.

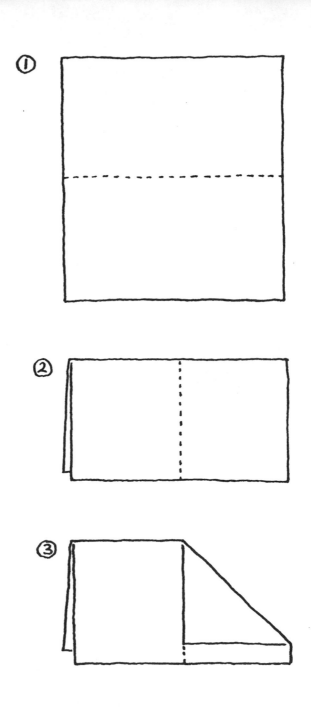

④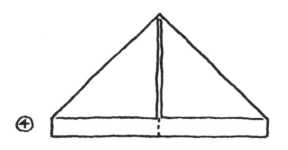

⑤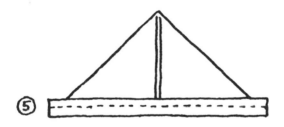

⑥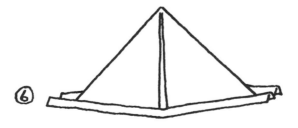

Hefyd yn y gyfres:

Cysylltwch â Gwasg Gomer i dderbyn pecyn o syniadau dysgu yn rhad ac am ddim.